SISÄLLYSLUETTELO

ALKUSANAT

Joskus tuntuu kuin elämä vyöryisi ylitse kuin vedenpaisumus. On hetkiä, aikoja, jolloin luulee hukkuvansa. On hetkiä, jolloin toivookin, että vedenpaisumus löisi ylitse ja veisi mennessään, Joskus tuntuu niin synkältä, ettei jaksaisi jatkaa. Sitten kuitenkin kuin ihmeen kaupalla jokin elämässä kannattelee kuin arkki. Päivät kuluvat ja jonain kauniina päivänä huomaa, että tulva laskee, elämä jatkuu. Maa kantaa taas jalkojen alla, tulvan aika on ohitse.

Oman elämäni "vedenpaisumuksen" koin vuonna 2003. Olin naimisissa, terveen tytön äiti, joka innolla odotti toista lastaan. Lasta, jonka elämä päättyi ennen kuin se ehti alkaa. Nimi on enne, sanotaan. Odotin poikaa, jonka nimeksi olisi tullut Noa. Menetin Noan raskauden puolivälissä, viidennellä kuulla raskausviikolla 20.

Minä itse pelastuin tuolta vyöryvältä, elämää tuhoavalta vedenpaisumukselta, mutta oma pieni Noani ei pelastunut. Vai pelastuiko hän sittenkin, kun ei tarvinnut tulla tähän kylmään maailmaan? Mitä on elämä, mitä on kuolema ja mitä on siinä välissä? Onko se todellinen elämä täällä vai jossain aivan muualla? Siinäpä kysymys.

Ajatusta kirjan kirjoittamisesta olen mielessäni kehitellyt aika ajoin siitä lähtien kun menetin Noan. Ajatus on kypsynyt hitaasti ja kirja on myös valmistunut erittäin hitaasti, vähän kerrallaan. 2011 aloitin vihdoin kirjan kirjoittamisen. Aikaa kului taas ja viimein 2017 se tuli valmiiksi, mutta vasta nyt 2022 olin itse valmis sen julkaisemiseen. Pitkä, pitkä prosessi ja Noan menetys on jättänyt minuun ikuiset jäljet.

Lopullisen sysäyksen kirjan kirjoittamiselle antoi se, että vuonna 2011 minulla oli monenlaisia oireita, anemiaa, todella pitkät, järjettömän runsaat ja kivuliaat kuukautiset joka kuukausi. Hakeuduin tutkimuksiin ja kohdustani löytyi kookas myooma, eli hyvänlaatuinen kasvain. Noin puolenvuoden päästä minulle tehtiin myooman takia kohdunpoistoleikkaus. En enää siis voinut saada lasta. En ajatellut, tai suunnitellut enää lapsia hankkivani, mutta tämä tapahtuma oli se viimeinen laukaiseva tekijä, jolloin aloin vielä uudelleen työstämään, käymään läpi, muistelemaan ja prosessoimaan Noa -poikani menetystä. Kohdun poisto oli yhtä lopullista, kuin Noan kuolema.

KOHTI KUOLEMAA

Minulla oli suloinen, kohta kaksi -vuotias tytär, kun sain tietää odottavani Noaa. Olin kotiäitinä, kotona esikoiseni kanssa. Ajattelin, kuinka ihanteellisesti kaikki menikään. Lapsilleni tulisi juuri haluamani kahden vuoden ikäero. Voisin jatkaa suoraan hoitovapaatani, olla lasten kanssa kotona pitkään. Molempien kanssa sen kolme vuotta, joka on lain mukaan mahdollista olla hoitovapaalla.

Kuinka täysin merkityksettömiksi tuollaiset ikäerot ynnä muut mitättömän pienet seikat muodostuivatkaan Noan menetyksen jälkeen. Menetyksen jälkeen lasten merkitys lahjana ja rakkaus heitä kohtaan vain kasvoi. Lapset ovat lahja, niitä ei hankita, niitä saadaan, jos Luoja suo. Sen opin.

Opin myös aiempaa selvemmin sen, että mitä tahansa voi tapahtua, milloin tahansa. Elämä on arvaamatonta ja jokainen hetki kalliimpaa kuin kulta. On nautittava joka hetkestä, iloittava siitä mitä on ja tyydyttävä siihen mitä saa. Kaikkea voi haluta, mutta ei saada. Voi saada vain sen mikä meille annetaan, mikä meille kulloinkin on tarkoitettu. Sitä ei vain pieni ihmismieli aina voi käsittää, että miten ja miksi jotkin asiat tapahtuvat. Vastoinkäymiset kuitenkin kasvattavat, opettavat,

4

sekä tekevät vahvemmaksi. Omalla kohdallani sanonta "se mikä ei tapa, se vahvistaa" on pitänyt paikkansa.

Olen miettinyt, että minulla on kahden tyttären lisäksi enkelipoika, pieni tähtipoikani Noa tuolla jossain. Uskon, että kohtaamme jälleen, kun on minun aikani lähteä tästä maailmasta. Elämä on riipaisevan raadollinen, mutta kaikessa riipaisevaisuudessaan niin kaunis ja äärimmäisen arvokas, eikä elämä pääty kuolemaan. Ruumis kuolee, mutta sielu ja henki jatkavat elämistään. Näin uskon.

Tuosta kauhun vuodesta 2003 selvittiin, vaikka Noan menetys ei suinkaan ollut ainoa menetys ja kamala asia, jota elämässäni ja lähipiirissäni tapahtui tuona vuonna. Siinä oli niin monta surua ja tragediaa ihan peräkkäin, että näin jälkeenpäin ajatellen ihan pyörryttää ja ihmetyttää kuinka siitä kaikesta selvittiin. Olin juuri saanut selville odottavani Noaa, kun isäni joutui sairaalaan aivoinfarktin takia. Kun huhtikuussa menimme ekaan ultraan ja saimme tietää vauvamme tulevasta kohtalosta, vanhin siskoni oli psykoosissa ja ja joutunut hoitoon psykiatriselle osastolle. Samana vuonna mufani, eli äitini isä ja isäni sisko kuolivat. Äitinikin loukkasi vielä jalkansa ja siihen jouduttiin laittamaan kipsi.

5

Koko tämän lapsen menetys prosessin läpi käydessäni löysin kaikesta vertauskuvallisuutta Raamatusta, siitä mitä siellä on käyty läpi. Noa, oli nimensä mukaisesti kuin Noa, joka toi minulle rakkauden, uuden elämän, toivon ja ilon tulvan tullessaan ja lyhyellä taipaleellaan opetti minulle niin paljon. Samalla hän oli kuin Jeesus, jonka Maria joutui antamaan, uhraamaan kuolemalle. Noani kuten Jeesus sai kuolemantuomion. Maria, kuten minä tiesin, että en voisi pitää poikaani, tuota erityistä ja niin rakasta poikaani. Tiesin milloin hän kuolisi, milloin tuo "ristiin naulitseminen" tapahtuisi, aivan kuten Maria aikoinaan tiesi. Noan menetys tuntui kaikkinensa jonkinlaiselta uhraukselta.

Mille hänet sitten uhrattiin? Tieteen alttarille, joka tutkii ja seuloo sikiöistä kaikki mahdolliset poikkeavuudet? Vai uhrattiinko hänet itsekkyyden alttarille? Sille ettei kestä enää pitkittää omaa kärsimystään väistämättömänä edessä siintävästä luopumisesta? Vai uhrattiinko hänet suurelle rakkaudelle, joka ajattelee vain pienen parasta, eikä halua hänen kärsivän yhtään enempää, vaikkei haluaisikaan millään luopua? Rakkaudelle, joka ajattelee myös jo olemassa olevaa pienokaista, kuinka ei halua hänenkään kärsivän siitä, että isä ja äiti unohtavat osittain hänet ja hänen tarpeensa keskittyessään vain toiseen, vielä syntymättömään lapseen? Vai tapahtuiko tässä vain yksinkertaisesti niin kuin oli tarkoitus, kuten oli aikain alussa päätetty? Oliko tämä kohtalomme?

En koskaan saanut tuntea Noaa syntyneenä, elävänä pienokaisena, mutta silti tunsin hänet kuin itseni, kuin omat taskuni kun hän eli sen viisi kuukautta sisälläni. Tunsin hänet ja tunsin kaiken mitä hänkin tunsi. Elimme täydellisessä ykseydessä, yhteydessä ja symbioosissa.

Jo raskauden alusta lähtien aavistin jotain. Koko raskaus, niiden kahden viivan näkeminen tikulla tuntui kumman epätodelliselta, vaikka olihan minulla jo lapsi. En vain osannut ajatella samoin kuin hänen kohdallaan. Jotain oli alusta lähtien toisin, vialla. Osasin kuvitella, näin silmissäni jo esikoiseni elämää, osasin kuvitella hänet huoneeseensa leikkimään ennen kuin hän oli edes syntynyt. Jostain syystä en osannut tehdä samoin Noan kohdalla. Vaikka kuinka pinnistin ja yritin, en vain nähnyt häntä ja tätä hieman ihmettelin, antamatta kuitenkaan pelolle valtaa.

Samoin "hälytysmerkkejä" sain ja tiesin, ettei kaikki ole kunnossa, kun minulla raskauden alussa ilmaantui pientä veristä tiputtelua. Vaikka tiesin, että sekin kuului usein asiaan, eikä välttämättä olisi merkki mistään poikkeavasta, niin jotenkin vain tiesin. Se oli se paljon puhuttu äidin vaisto. Kävinkin tiputtelun vuoksi varalta neuvolassa. Sydänäänet kuuluivat kuitenkin, ja kaikki vaikutti muutenkin olevan kunnossa. Sitten vain piti odotella ensimmäistä ultraa.

Aavistin senkin tarkoittavan jotain, kun mieheni vahingossa pudotti erään mummiltani perimän seinäkoriste enkelin ja se meni rikki. En ole mitenkään taikauskoinen, mutta silti koin, että sain ja näitä merkkejä kaikkialta. En vain halunnut uskoa niihin, kukapa haluaisi? Se oli kuitenkin koko ajan se intuitio, äidin vaisto, joka kertoi, ettei kaikki ole hyvin.

Kun sitten menimme 14.4.2003 pienokaisen ensimmäiseen ultraan, ihmettelin ääneen miehelleni, että miksi ihmeessä minua jännitti niin tavattoman paljon, paljon enemmän kuin esikoistyttäremme ensimmäisessä ultrassa. Karu syy selvisi, eikä kaikki totisesti ollutkaan kunnossa. Muistan vielä hyvin, kuinka kätilö tutki ja tutki pitkään, ja oli aivan hiljaa. Silloin jo riipaisi sydämestä. Sitten vasta riipaisikin, kun hän pitkän hiljaisuuden jälkeen sanoi, että tässä on nyt jotain, kaikki ei ole niin kuin pitäisi. "Hänen täytyy kutsua lääkäri paikalle varmistamaan asiaa. Odottakaa hetki", hän

8

sanoi. Katsoin epätoivoisena miestäni ja sanoin: "Mä arvasin tän!" Kyyneleet vierähtivät poskelle ja tuolloin mieheni otti myös huolestuneena kädestäni kiinni.

Siitä alkoi noin parin kuukauden painajainen, ramppaaminen lukuisissa tutkimuksissa ja kokeissa. Tuo aika tuntui piinaavan pitkältä kärsimysnäytelmältä, vaikka pari kuukautta on oikeastaan hyvin lyhyt aika ja kirjastakin tuli siksi koruttoman lyhyt.

Tutkimusten edetessä ja tilanteen selvitessä, meille annettiin kaksi vaihtoehtoa: Keskeyttää raskaus tai katsoa loppuun asti missä vaiheessa menetämme Noan. Hänelle ei annettu elinmahdollisuuksia. Ennen päätöksen tekemistä rukoilin merkkiä. Rukoilin, että tilanne olisi selkeästi huonompi aikaisempaan verrattuna seuraavalla käynnillämme, jos oli oikea ratkaisu päätyä keskeytykseen tai sitten, että se olisi parempi, jos meidän ei kannattaisi tehdä tuota hirveää ratkaisua.

Sain merkkini, sillä tilanne oli seuraavassa, siinä viimeisessä niistä lukuisista ultrista mennyt vieläkin huonompaan suuntaan. Lapsivesi oli lähes huvennut olemattomiin ja munuaiset näyttivät entistä vaurioituneemmilta. Ennen tuota ultraa sain myös unessa merkin. Valkoinen höyhen leijaili edessäni maahan ja tuossa unessa, kuten herätessänikin tiesin, että pienokaisemme oli aika lähteä, tulla rakkaaksi tähtipojaksemme.

Päivä ja hetki hetkeltä aistin yhä selkeämmin, että Noa kärsi ja halusi itsekin pois. Aikaisemmin tuntemiani liikkeitä ei enää tuntunut, oli kovin kuollutta ja hiljaista jo ennen varsinaista kuolemaa. Siitä lähtien kun aloin tuntemaan Noan liikkeitä, hän ei koskaan liikkunut mitenkään paljon eikä usein, joka myös mietitytti. Meno oli aivan toisenlaista kuin esikoistyttärelläni. Uskon, että Noa oli ikään kuin koko ajan tämän maailman ja toisen maailman rajamailla, ettei hän koskaan kovin vahvasti edes asettunut tähän fyysiseen maailmaan ja omaan kehoonsa, tietäen ettei tulisi tänne kuin piipahtamaan.

KAHDEN KUUKAUDEN HELVETTI

Tämä kappale on koostettu ja kirjoitettu vaihe vaiheelta jokaisesta tutkimuksesta, jotka kävin läpi sisältäen tekstiä hoitotiivistelmistä, jotka pyysin itselleni, kun aloin kirjoittamaan tätä kirjaa. Millään en olisi muuten itse muistanut kaikkia tutkimuksia ja yksityiskohtia. Elin tuon koko ajan muutenkin koko ajan sellaisessa sumussa, etten oikein osannut ajatella selkeästi.

Jorvin äitiyspoliklinikka 14.4.2003

Raskausviikoilla 14+1. menimme ensimmäiseen ultraääni- seulaan. Seulakätilö totesi Noalla kookkaan virtsarakon ja kutsui lääkärin paikalle.

"Lapsivettä on silmämääräisesti normaalin verran. Istukka on takaseinämässä. Kohdussa on yksi, hyvin liikkuva sikiö. Rakko on koko tutkimuksen aikana hyvin kookas ja pinkeä. Kaikki neljä raajaa liikkuvat, virheasentoja ei havaita. Koko seurannan aikana rakko ei lainkaan tyhjene."

Meille sanottiin, että on todennäköistä, että sikiöllä on virtsaputkessa jonkin asteinen tukkeuma tai läppä. Se tarkoitti taas sitä, että Noan virtsarakko ei joko pystynyt kokonaan tai osittain tyhjentymään. Lapsivesimäärä oli kuitenkin vielä tässä vaiheessa normaali.

Tutkimuksen jälkeen lääkäri ja kätilö keskustelivat meidän kanssamme tilanteesta, joka näytti huolestuttavalta ja tekivät lähetteen sikiötutkimusyksikköön Helsinkiin seuranta ja lisätutkimuksia varten. Tieto oli musertava ja nyt ymmärsin, miksi jännitin tätä ultraa erityisen paljon.

Helsingin Naistenklinikka 16.4.2003

Muistan kun koin helpotusta siitä, että pääsimme niin pian, parin päivän päästä jatkotutkimuksiin. Silti sisimmässä velloi ja pelotti, että mitä tuleman pitää. Noalla saattaisi siis olla uretra-artesia. Eli virtsaputken takaosan umpeuma tai läppä, joka on epämuodostuma, jossa virtsaputken tukoksen seurauksena sikiö ei pysty virtsaamaan. Tämän seurauksena virtsarakko ja virtsatiehyet laajentuvat ja syntyvä paine voi vahingoittaa munuaisia. Kun sikiö ei virtsaa, jää lapsiveden määrä pieneksi eivätkä sikiön keuhkot silloin kehity kunnolla.

"Kohdussa on vilkkaasti liikkuva sikiö. Munuaiset vaikuttavat tavallisilta, läpimitaltaan 6 mm ja 5 mm, munuaisaltaat erottuvat niin, että toisen läpimitta on 1,2 mm ja toisen 1,1 mm. Virtsarakko on koko tutkimuksen ajan laaja, läpimitaltaan 9 mm, ehkä hieman päärynänmuotoinen. Pojan genitaalit. Kyseessä mitä ilmeisimmin virtsan kulkueste rakosta ulos, läppä/stenoosi/atresia? Tällä hetkellä lapsiveden määrä on aivan normaali."

Tämän tutkimuksen jälkeen meidät ohjattiin keskustelemaan perinnöllisyyslääkärin kanssa Naistenklinikalla. Meille kerrottiin, että jos virtsan kulkueste on täydellinen, tämä johtaa munuaisten vaurioitumiseen korkean paineen takia, se johtaa

12

myös raskauden edetessä lapsiveden niukkaan määrään, joka taas vuorostaan vaikuttaa keuhkojen kehitykseen. Tällaisessa tilanteessa sikiön elinkelpoisuus on huono, ja keskenmenon riski on kasvanut. Jos virtsan kulkueste olisi vain osittainen esim. uretra- läpän takia, tilanne olisi silloin parempi. Vaikutus munuaisten kehitykseen ja lapsiveden määrään oli siis riippuvainen kulkuesteen vaikeusasteesta. Jos se olisi lievä ja vain osittainen tällöin Noa olisi elinkelpoinen, ja kulkuestettä voitaisiin kirurgisesti hoitaa. Munuaisten vauriot voitaisiin hoitaa munuaisen siirrolla, joka olisi kuitenkin raskas hoito.

Meille kerrottiin myös, että virtsaputken kehityshäiriöt ovat syntymekanismiltaan monitekijäisiä. Ei siis ole yhtä ainutta selittävää tekijää. Meille kerrottiin, että virtsaputken kehityshäiriöiden uusiutumisriski on pieni, muutaman prosentin luokkaa ja, että muutamassa prosentissa virtsateiden rakennepoikkeavuudet littyvät kromosomipoikkeavuuteen. Tämän takia meille kerrottiin kromosomitutkimusmahdollisuudesta, mutta en tuolloin vielä halunnut sitä tutkimusta lähinnä keskenmenoriskin vuoksi. Sovimme uuden ultraäänitutkimusajan 4 viikon päähän, jolloin voisimme nähdä, onko kulkueste osittainen, vai täydellinen. Tähän samaan yhteyteen sovimme myös uuden perinnöllisyysneuvonta ajan.

Saimme perinnöllisyysneuvonnassa hyvää palvelua ja meille selitettiin tilannetta hyvin selkeästi, yksityiskohtaisesti ja empaattisesti. Muistan hyvin nenäliinapaketin huoneen pyöreällä pöydällä, tuolit pöydän ympärillä, joissa istuimme. Nenäliinoja keskustellessamme tarvitsinkin, kun rupesi itkettämään karu totuus, minkä Noan tilanteesta kuulimme. Perinnöllisyyslääkäri kehotti meitä soittamaan hänelle aina, jos tulisi jotain kysyttävää ennen uusia tutkimuksia. Ei tullut tarvetta soittaa.

Alkoi piinallinen odotus, kohti seuraavaa, toukokuulle sovittua aikaa. Päivät kuluivat jotenkuten arjesta selviten, mutta koko ajan oli raskas taakka ja huoli Noasta, hänen tilanteestaan. Olimme varmasti molemmat aika poissaolevia esikoisemme kanssa. Yritin parhaani mukaan leikkiä hänen kanssaan ja jatkaa normaalisti, mutta pala oli kurkussa koko ajan ja itketti vähän väliä.

Olen jälkeenpäin keskustellut esikois -tyttäreni kanssa tuosta ajasta, mutta luonnollisestikaan hän ei muista siitä juuri mitään, kun hän oli vain kaksivuotias. Ainoa asia mikä hänelle on jäänyt tunnemuistiin, on se, että hän ei halua kuulla, eikä pidä cd- levystä, ja niistä kappaleista, joita tuohon aikaan laitoin soimaan hänelle unimusiikiksi. Se oli lasten unimusiikki cd, ja siihen hän tuolloin aina rauhoittui, mutta varmasti on aistinut samalla minun tuskani ja suruni, kun olin häntä nukuttamassa ja pidättelin kyyneleitä. Tuon cd:n kahdesta kappaleesta on tullut minulle erityisen tärkeitä, ja ne muistuttavat minua aina Noasta.

Naistenklinikalla 15.5.2003

Menimme sovittuun kontrollitutkimukseen Naistenklinikalle. Paikkaan, joka on monille ilon, onnen, ja uuden elämän paikka, mutta minulle siitä oli muodostunut vain tuskan, surullisten uutisten ja edessä häämöttävän kuoleman paikka.

Noa pienokaisen liikkeitä en ollut vielä tuntenut tuolloin raskausviikoilla 17+3. Silti ultraäänitutkimuksissa todettiin hänen edelleen liikkuvan vilkkaasti. Tilanne oli kuitenkin jälleen muuttunut.

"Kaikki raajat liikkuvat ja näkyvät ääriosiaan myöten normaaleina. Ventrikkeli, eli mahalaukkukupla tavallinen, sydämessä nelilokeromaisema. Pään muoto, ja rakenteet ovat säännölliset. Neuraaliputki, eli hermostoputki ja vatsanpeitteet ehyet. Heti ventrikkelin alapuolella molemmat munuaisaltaat näkyvät hyvin laajoina. Virtsarakko on itse asiassa nyt hyvin pieni. Lapsiveden määrä on normaali."

Ultraäänilöydökset olivat siis muuttuneet edellisen tutkimuksen jälkeen niin, että virtsarakko oli nyt tyhjä ja sen sijaan munuaisaltaat olivat laajat ja munuaiskudos vaikutti suhteellisen ohuelta. Virtsanjohtimet eivät näkyneet poikkeavasti laajentuneina kuten aiemmin. Lääkäri pohti teoriaa, että virtsaputkessa olisi läppä, joka tietyn painetason jälkeen antaisi periksi ja päästäisi virtsaa ulos. Tätä vastaan puhui kuitenkin se, että virtsanjohtimet eivät näkyneet laajoina ja virtsarakko oli aivan pieni. Lääkäri katsoi vielä edellisen tutkimuksen kuvat ja niissä aivan selkeästi näkyi, että tuolloin suurentuneena nähty nesteontelo on ollut nimenomaan virtsarakko.

Kontrollitutkimus sovittiin kahden viikon päähän ja meidät passitettiin taas perinnöllisyyslääkärin juttusille. Hän kertoi, että tilanne oli nyt siis sellainen, että täydellisestä uretra-artesiasta, tukoksesta ei olisi kysymys. Sen sijaan uretra- este, esimerkiksi läppä, joka paineella aukeaa ja sitten sulkeutuu taas, oli mahdollinen. Hieman epävarmaa oli, minkälainen oli munuaisten tilanne, kehittyisikö munuaiskudos normaalisti vai ei.

Koska tilanne oli tällä tavalla epävarma, meille tarjottiin uudelleen kromosomitutkimuksen mahdollisuutta. Tällä kertaa suostuin siihen ja se otettiin samana päivänä. Tutkimus oli epämiellyttävä, mutta ei kivulias. Minua pelotti mahdollinen keskenmenon riski. Elin kuitenkin toivossa viimeiseen asti.

Naistenklinikka 28.5.2003

Kävimme taas sovitulla kontrollikäynnillä. Olin alkanut tuntemaan vähän, harvoin ja vaimeita Noan liikkeitä vatsassani. Kovin oli kuitenkin vaisua.

Meille oli jo aiemmin puhuttu raskauden mahdollisesta keskeytyksestä ja olin rukoillut sitä selvää merkkiä, Noan tilanteen huononemista, jos kannattaisi päätyä siihen vaihtoehtoon, että raskaus keskeytettäisiin ja rumasti sanottuna Noa eliminoitaisiin kohdustani pois.

Sainhan tästä vahvistuksen myös kertomassani unessa, jossa näin valkoisen höyhenen. Sain myös lisävahvistuksen tämänkertaisella kontrollikäynnillä, kun Noan tilanne todellakin oli selkeästi huonontunut entisestään:

Kohdussa lapsivesi oli selkeästi vähentynyt. Sitä oli jäljellä muutama hyvin pieni alle 2 cm lammikko. Noa liikkui, muttei enää vilkkaasti. Reisiluun mitta oli raskausviikkojen mukaista aikaa jäljessä. Munuaisaltaat olivat edelleen silmiinpistävän laajat. Rakko ei tullut tässäkään tutkimuksessa näkyviin. Kromosomitutkimuksen tulos puuttui vielä, mutta AFP oli lievästi koholla. Mikä viittaa kehityshäiriöön.

Jos AFP:tä on vedessä normaalia enemmän, voi sikiöllä olla keskushermostoputken tai vatsanpeitteiden sulkeutumishäiriö. Joskus syynä AFP:n suureen määrään voi myös olla synnynnäinen munuaissairaus (kongenitaalinefroosi). Tämän vuoksi katsottiin vielä tarkemmin neuraaliputkea, eli hermostoputkea, josta hermot kehittyvät, sen mahdollisen defektin, eli puutoksen, vajauksen, virheen tai aukon mahdollisuuden vuoksi sen alaosassa. Sen arvioiminen oli veden vähyyden vuoksi kuitenkin vaikeaa.

Lapsivettä oli nyt niukasti viitaten huonoon munuaistoimintaan. Selkeätä näyttöä virtsaputken ahtaumasta tai munuaisten kehityshäiriöstä ei kuitenkaan ultraäänitutkimuksessa saatu. Tilanne kuitenkin puhui huonon ennusteen puolesta johtuen lapsiveden niukkuudesta. Sen tihkumista ei minulla ollut. Kun lapsivettä oli jo niin vähän ja lisää ei muodostunut, Noan keuhkot eivät olisi päässeet kehittymään ja lopulta aivan vedettömässä kohdussa Noa ei myöskään olisi päässyt liikkumaan, mikä olisi johtanut nivelten kontraktuuraan eli kutistuskouristukseen. Toisin sanoen, raajat eivät olisi myöskään päässeet kehittymään normaalisti, vaan ne olisivat epämuodostuneet. Munuaisetkin olivat jo selkeästi vaurioituneet ja olisivat vaurioituneet vielä lisää. Elinmahdollisuudet olivat siis olemattomat.

Olimme kovan paikan ja päätöksen edessä. Tällä kertaa Noa oli siis saanut varsinaisen "kuolemantuomion" ja tulisi kuolemaan ennemmin tai myöhemmin, joko kohtuuni tai viimeistään pian syntymänsä jälkeen. Nyt meidän oli sitten päätettävä, kun se vielä lain mukaan oli mahdollista, keskeyttääkö raskaus vai ei. Meille annettiin kaksi päivää aikaa miettiä mitä tehdä ja sitten meidän piti antaa vastaus.

Kotona murheen murtamina pähkäilimme ja keskustelimme. Mietimme päämme puhki eri vaihtoehtoja. Se oli ihan hirveää, en halunnut tehdä tuollaista päätöstä elämästä ja kuolemasta. Miksi olin joutunut tähän tilanteeseen? Usko oli aika lujilla tuolloin. Piti ajatella myös jo olemassa olevaa tytärtämme tämän kaiken keskellä. Mikä olisi hänenkin kannaltansa parhaaksi?

Kun ennen lopullista päätöstä keskustelimme mieheni kanssa vaihtoehdoista, mitä tekisimme.

Hän oli heti selkeämmin sen kannalla, että keskeytys. Minä emmin enemmän, se oli minulle vielä tuskallisempaa ja henkilökohtaisempaa koska kannoin Noaa sisälläni.

Kuitenkin kaikki tiedossa olevat faktat puhuivat minullekin sen puolesta, että näin kannattaisi tehdä. Kaikki merkit ja vastaukset, joita olin saanut, puhuivat sen puolesta, mutta silti en sitä päätöstä olisi halunnut tehdä. Kaikki minussa soti sitä vastaan, että minun pitäisi päättää tällaisista elämän ja kuoleman kysymyksistä. Olin kuitenkin pakon edessä ja ajattelin, että selvä. Jos kerran joutuisin joka tapauksessa luopumaan Noasta, olisi se sitten hyvä tehdä mahdollisimman pian. Olisi kaiketi helpompaa luopua hänestä nyt, kun odottaa sitä, milloin hän tulee kuolemaan, että selviääkö syntymään asti vai ei. Niinpä minä tein elämäni vaikeimman ja kamalimman päätöksen, keskeyttää raskaus, keskeyttää Noan elämä.

Vaikka tiedän ja koen, että se oli tässä tilanteessa oikea teko, kannan silti tuosta päätöksestä ikuista taakkaa ja tietynlaista syyllisyyttä, joka ei varmaan ikinä poistu täysin. Tiedän, että tämä ei ollut minun vikani, Luoja itse asetti minut tähän tilanteeseen, en muuta voinut, mutta silti. Ajan kanssa

20

olen oppinut hyväksymään tämän kaiken ja elämään sen kanssa. Arvet säilyvät kuitenkin ikuisesti.

PERKELEEN PILLERI

Kun sitten päädyimme raskauden keskeytykseen, muistan sen helvetillisen Mifegyne pillerin, jonka sain ma 2.6.klo 11 Helsingin Naistenklinikalla. Mifegyne on antihormoni, joka estää raskauden jatkumiselle tarpeellisen hormonin, progesteronin, vaikutuksia. Mifegyne voi sen tähden aikaansaada myös raskauden keskeytyksen. Sitä voidaan myös käyttää pehmentämään ja avaamaan kohdunkaulaa. Minulla oli vaikutus ja kyse tästä jälkimmäisestä, eli kohdunkaulan pehmentämisestä ja avaamisesta, koska raskaus oli jo niin pitkällä ja Noa oli sen verran iso, että jouduin normaalisti alateitse synnyttämään hänet.

En ole koskaan toiste kokenut niin suurta vaikeutta niellä yhtä pilleriä. Tästä minulle jäi melko pysyvästi tietynlainen trauma, pillerikammo, nielemisen vaikeus niin, että vieläkään minun ei ole helppo ottaa mitään pilleriä on se sitten vitamiini tai mikä tahansa. Enkä voi ottaa niitä veden kera, vaan mieluummin jonkin mehun tai muun nesteen avulla.

21

Katsoin sitä pilleriä pitkään kädessäni ja ajattelin että tässä se nyt on "kuolemanpilleri", tämän otettuani ei paluuta takaisin enää ole. Vaikka Noa ei vielä kuolisikaan tuosta pilleristä, vaan vasta heti synnyttyään, oli se alku kuolemalle. Siinä hetkessä vielä mietin, että olenko nyt aivan varma, voinko todella, onko tämä oikeasti oikein, ei, en halua, miksi, miksi miksi?! Kyyneleet vuolaasti valuen otin pillerin ja nielaisin sen. Se meinasi nousta saman tien ylös, mutta pakotin itseni nielaisemaan uudestaan, loppuun asti. Itkin, itkin ja itkin ja pyysin anteeksi Noalta, että sen otin. Tunsin itseni tuolla hetkellä aivan hirveäksi kamalaksi hirviöksi. Kuinka minulla muka oli oikeus tehdä noin lapselleni?! Sitten samalla, olisinko voinut tehdä toisin ja mitä se olisi hyödyttänyt, pitkittänyt vain väistämätöntä kuolemaa? Silti tässä oltiin niin suurten ja eettisten kysymysten äärellä ja suorastaan jälleen kerran raivosin Luojalle. Ei tämä ole minun tehtävä päättää milloin lähteä ja milloin ei! Miksi sinä saatoit minut tällaisen tilanteen ja päätöksen eteen, miksi!? Mitä minun tästä täytyy muka oppia, miksi tämä kokea?! Pillerin ottamisen jälkeen menimme vielä kotiin ja tulimme seuraavana päivänä synnytykseen.

ELÄMÄNI SURULLISIN PÄIVÄ

Naistenklinikalle Noan synnytykseen menimme 3.6. muistaakseni kahdeksaksi. Toimenpiteet aloitettiin klo 8.30 jolloin minulle annettiin ensimäinen annos emättimen kautta annettavaa prostaglandiinia. Toinen annos annettiin klo 11.45. Prostaglandiini on siis kohdunsuuta pehmittävä lääke.

Minut pumpattiin myös täyteen särkylääkkeitä, koska tässä tilanteessa ei tarvinnut surullista kyllä ajatella pienokaista, vaan sitä, että kaikki sujuisi mahdollisimman kivuttomasti. Minulle annettiin Tramalia, joka on opioideihin kuuluva kipulääke, joka vaikuttaa keskushermostoon. Sitä käytetään keskivaikean tai vaikean kivun hoitoon. Tämän lisäksi sain Kodeiinia sisältävää Panacodia ja perinteistä, tavallista Para-Tabs särkylääkettä. En normaalisti ota lääkkeitä, ellei ole pakko, mutta nyt en vastustellut yhtään, sillä koko tilanne oli jo niin järkyttävä, enkä halunnut kärsiä yhtään enempää. Olin kiitollinen lääkkeistä ja olisin halunnut, että minut olisi täysin turrutettu niillä, jotten olisi tuntenut mitään, en edes surua.

Vahvan lääkityksen takia, en tuntenut varsinaista kipua. Jossain vaiheessa asiat vain etenivät ja alkoi tulla supistuksia ja myöhemmin ponnistamisen tarvetta. Ei sitä ihan voinut verrata normaaliin, täysiaikaisen lapsen synnytykseen, vaikka kaikkinensa kestikin useamman tunnin. Aika mateli, mutta sitten yhtäkkiä kaikki oli ohi ja Noa syntyi kuolleena klo 13.45. Kätilö otti Noan, pesi ja siisti hänet, leikkasi napanuoran ja toi meille kauniisti aseteltuna pieni liina peittonaan kaarimaljassa. Hän mahtui siihen juuri ja juuri.

Itkimme lohduttomasti, kun saimme hänet syliimme ja katsoimme kuinka pieni ja suloinen hän oli. Näytti jo ihan valmiilta ihmiseltä, mutta oli vain niin hirmuisen pieni, mahtui yhteen käteen siinä kaarimaljassaan. Ihmisen poika. Kosketin hänen kättänsä, kosketin poskea. Se tuska oli jotain niin sanoin kuvaamattoman riipaisevaa katsoa siinä omaa elotonta poikaansa. Kaikki tuntui niin sumuiselta ja epätodelliselta sen jälkeen. Pidimme häntä siinä hetken aikaa, kunnes kätilö otti hänet lähetettäväksi eteenpäin patologin tutkimuksiin, jonka jälkeen hänet tuhkattaisiin ja tuhkat vietäisiin Honkanummen hautausmaalle paikkaan, johon kaikki ei vielä täysiaikaiset lapset tuhkataan.

Se oli nyt siinä, lapseni oli lopullisesti mennyt. En halunnut ottaa hänestä tuolloin valokuvaa, mutta jälkeenpäin pyysin kuvat itselleni, jotka otettiin hänestä heti syntymän jälkeen. Näin tehdään aina dokumentointia varten. Niissä kuvissa häntä ei ole vielä siistitty ja siksi en laittanut niitä tähän kirjaan.

Hoitava kätilö oli aivan ihana, empaattinen ja asiansa osaava nainen. Muistan, kuinka se itketti ja samalla toi lohtua, kun näin hänellä ristikorun kaulassa. Se toi tunteen, että minua ei ole hylätty ja en ole yksin.

Hoitosuunnitelmapaperissa lukee maininta meistä:
"Surullinen, mutta rauhallinen pariskunta"
Paperissa lukee myös karusti prostaglandiini abortin seuranta. Minulle se ei ollut mikään abortti. Se oli rakkaan lapsen synnytys ja menetys!

Vietin aikani Naisten klinikan osastolla 30 shokissa, epätodellisessa olotilassa sen loppupäivän ja yön. Nukkumisesta ei oikein meinannut tulla mitään. Itkin vain koko ajan ja olin kovin ahdistunut. Sainkin nukkumisen mahdollistamiseksi nukahtamislääkkeen. Minä olisinkin halunnut vain nukkua ja nukkua, paeta sitä kaikkea tuskaa.

Olin ihan turta. En jaksanut kyselyjä, en keskustella. Halusin vaipua ikuiseen uneen. Kävelin sairaalan käytävällä, kävin parvekkeella ja itkin. Mietin hetken muiden osastolla olevien naisten kohtaloita. Minkähän laisia kokemuksia heillä oli? Suru, painava suru ja tuska leijaili osaston yllä.

Seuraavana päivänä sain vielä rauhoittavan lääkkeen ennen kotiinlähtöä. Lisäksi minulle selvitettiin jatkohoito jälkitarkastuksineen.

Noan, pienen poikamme laskettu aika olisi ollut maanantaina 20.10.2003. Noan menetimme tiistaina Orvokin ja Violan päivänä 3.6.2003 klo 13.45. Raskausviikkoja oli 20+ ja Noa painoi 300 g ja oli 21 cm pitkä.

8.6. Hakeuduin vielä takaisin Naistenklinikalle keskeytyksen jälkeen yhtäkkiä runsastuneen verenvuodon takia. Kotona tuli isohko klönttikin vielä vessanpönttöön. Oli kuulemma luultavammin kudoskappale. Minulla oli myös lievää alavatsakipuilua. Kaikki oli tutkimusten mukaan kuitenkin kunnossa ja sain vain tulehdusta ehkäisevän lääkityksen. Jälkitarkastuksessa kävin neuvolassa noin kuukauden päästä ja siinäkin todettiin kaiken olevan kunnossa. Olin siis fyysisesti kunnossa, mutta henkisesti aivan rikki.

POHJATON SURU

Tuon kaiken jälkeen minulta katosi elämänhalu joksikin aikaa kokonaan. En käynyt suihkussakaan tapahtuman jälkeen ainakaan viikkoon. En olisi halunnut tehdä mitään, halusin vain kadota. Kohtuni oli tyhjä, vaikka mahani oli vielä pyöreänä pallona, aivan kuin olisin edelleen ollut raskaana.

Tuntui ettei jossittelu ikinä lopu. Mitä jos? Jossittelin, vaikka kuulimme monen eri asiantuntijan ja lääkärin mielipiteet tilanteesta. Kaikki sanoivat samaa, lapsemme ennuste oli toivoton ja elinmahdollisuuksia ei ollut. Siltikin jossittelin jos, jos. Elämä oli yhtä kaaosta ja epätoivoa.

Läheisten ja tuttujen ihmisten reaktiot tilanteeseemme olivat vaihtelevia. Toiset olivat kovin ymmärtäväisiä ja osasivat asettaa sanat oikein, toiset eivät. Kaikki kuitenkin olivat parhaansa mukaan tukena ja tarkoittivat kaikilla sanoillaan ja teoillaan vain hyvää.

Muistan elävästi, kuinka minua raivostutti, kun meille sanottiin, että kyllä se oli parempi näin, ajatelkaa kuinka raskasta vammaisen lapsen kanssa eläminen olisi ollut ynnä muuta sellaista. Eihän nyt ollut edes kyse siitä, että lapsi voisi jäädä eloon edes vammaisena! Ettekö tajua, ajattelin! Luoja, että olisin ottanut vaikka vammaisen lapsen, jos hän olisi vain voinut jäädä henkiin.

Toinen hyvää tarkoittava kommentti oli: "Onneksi te olette vielä niin nuoria, kyllä te vielä ehditte saada, vaikka kuinka monta lasta". Me halusimme juuri tämän lapsen, ei kukaan toinen voisi korvata juuri tätä lasta. Elämäämme jäisi ikuisesti yhden lapsen tyhjiö, saimme sitten vaikka sata lasta lisää.

En kuitenkaan jaksanut raivota ja pamauttaa näitä asioita päin naamaa, hymistelin vain: "Niin niin" sillä tiesin, että eivät he tarkoittaneet pahaa. He eivät voineet ymmärtää, tietää tarkalleen miltä minusta tuntui.

Kun kuulin kommentteja odottavilta äideiltä, heidän keskustellessaan lapsistaan, se satutti. Kommentit, että ei ole väliä onko tyttö vai poika, kunhan vain olisi terve, sai minut raivoihin. Kunhan vain saisin lapsen, ajattelin, oli hän sitten terve tai ei. Olisi tehnyt mieli huutaa. Silti saimme kaiken kaikkiaan hyvää tukea ja ymmärrystä läheisiltämme. Siitä olen kiitollinen.

Henkilökuntakin toimi yleisesti ottaen kaikissa tilanteissa moitteettomasti. Erityisesti mieleeni jäänyt kätilö, joka avusti minua koko synnytyksen ajan. Hän oli todellakin niin sydämellinen ja lämmin.

Sairaalasta lähdettäessä riipaisi, kun näki onnellisen pariskunnan kantavan vastasyntynyttään autoon, kun me taas lähdimme sieltä tyhjin käsin, tyhjin sylein ja sydämin. Kun istuimme autoon, mieheni laittoi radion päälle ja sieltä sattui tulemaan juuri silloin Yön kappale Ihmisen poika. Kyyneleet vain valuivat poskelleni. Siitä kappaleesta on tullut Noan kappale.

Se satutti, että keho ja maha olivat vielä viikkoja edelleen aivan kuin olisin ollut raskaana, vaikka sisällä ei ollutkaan enää ketään, kohtuni oli tyhjä. Minä olin tyhjä. Epätoivo ja suru oli musertava, muistan ajatelleeni ja toivoneeni että pääsisin kotiin poikani perään. Elämä tuntui liian julmalta ja merkityksettömältä. Sitten kuitenkin muistin aina tyttäreni. Hän oli pelastusrenkaani kirjaimellisesti, hän piti minut tässä elämässä kiinni. Rakkauteni häntä kohtaan auttoi selviämään. Muuten olen aika varma, että olisin lähtenyt poikani perään.

Yritin sinnitellä tyttäreni kanssa. Minun oli välillä poistuttava huoneesta, kun olin nukuttamasta häntä, kun en vain voinut hillitä suruani ja itkuani. Kappaleet, jotka tuolloin unimusiikkina soitin, jäivät ja syöpyivät ikuisesti mieleeni muistuttaen Noasta.

Kaikki vauvat ja odottavat äidit. joita näin riipaisivat sydämestä. Koin Noan edelleen lähelläni ja samalla raastavan kaukana. Käperryin suruuni ja unohdin mieheni surun kokonaan. En kestänyt kohdata sitä. Jossain vaiheessa tuli mieletön tarve puhua menetyksestä, puhua ja puhua. En olisi halunnut luopua ja antaa muiston haaleta vaan yritin pitää siitä väkisin kiinni.

Muistan, kuinka kaipasinkaan ja surin. En voinut pitkään aikaan edes kuvitella yrittäväni toista lasta. Vasta kahden vuoden päästä yritimme jälleen, kun aikaa oli kulunut tarpeeksi. Olin katkera, kun tyttömme serkku syntyi lokakuussa, jolloin meidän pienokaisemme olisi pitänyt syntyä vain vuotta aiemmin.

Muistan, kuinka häpesin ja pelkäsin osittain tunnustaa keskeytystä, vaikka siihen oli niin kattavat perusteet. En ollut osannut odottaa, että itse ikinä voisin joutua tuollaiseen tilanteeseen. Aiemmin luulin, etten ikinä olisi voinut tehdä keskeytystä missään olosuhteissa. Niin se elämä opettaa. Never say never.

Muistan, kuinka mielessäni osittain syytin ja olin katkera miehelleni, koska koin hänen kuitenkin vaikuttaneen päätökseen niin paljon. Koin, että se olisi ollut vain ja ainoastaan täysin minun oikeuteni, päättää lapsemme kohtalosta, vaikka eihän se ole niin. Pitihän minun ottaa hänetkin huomioon. Kaikista näistä syytöksistä huolimatta tiesin, että tein juuri niin kuin piti, niin kuin oli "oikein" tai "parasta". Niin kauhealta kuin se tuntuukin sanoa edelleen.

Minua raivostutti moralisointi ja se, että jotkut sanovat, että raskauden keskeytys on väärin ja syntiä. Mikä oikeus muilla ihmisillä on tuomita toisia? Emme henkilökohtaisesti kuulleet ja saaneet tällaista tuomiota keneltäkään. Silti mielessäni olivat nuo maailmassa olevat tuomitsijat. Näin symbolisesti syytöksiä joka puolella. Soimasinhan itsekin itseäni pahimpina hetkinä. Sekin raivostutti, että Noaa ei lääketieteellisesti luokiteltu vielä ihmiseksi. Ihminen hän jo oli! Heti siitä hetkestä, kun tuli kohtuuni.

Oman lapsen kuolema on varmasti pahinta mitä kokea saattaa, eikä sitä voi täysin ymmärtää, ellei ole itse menettänyt lastaan. On käsittämätöntä,

31

kuinka valtaisaa onkaan rakkaus omaa lasta kohtaan.

Päivät ja viikot vierivät ja jotenkin sitä vain selvisi päivä ja hetki kerrallaan. Muuta ei voinut. Oli pakko jaksaa, pakko jatkaa. Oli kuitenkin niin paljon syitä elää.

SIUNAUSTILAISUUS

Noan siunaustilaisuus oli torstaina 10.7.2003 ja hänen tuhkansa laskettiin Honkanummen hautausmaan lasten uurnalehtoon.

Siunaustilaisuus oli surullisen kaunis. Siellä oli meidän lisäksi kaksi muuta paria suremassa omia lapsiaan. Kappeliin oli laitettu symbolisesti pieni vauvojen valkoinen arkku. Oli myös kukkia ja kynttilöitä koristeena.

Itkin siellä ihan lohduttomasti ja itkusta ei tullut loppua, kun vielä kuulin, että siellä soi samat kaksi kappaletta, jotka olivat meidän cd -levyllä jota olin soittanut unimusiikkina tyttärelleni ja juurikin ne kaksi kappaletta jotka olivat niin kauniita ja surusävelisiä ja toivat Noan mieleen. Nenäliinat loppuivat kesken.

Kävimme samalla haudalla uurnalehdossa ja rukoilin merkkiä siitä, että Noalla olisi varmasti kaikki nyt hyvin. Sain vastaukseni, kun yhtäkkiä, välittömästi kun olin rukoillut lintujen laulu lakkasi hetkeksi ja pieni oravan poikanen juoksi jalkojemme vierestä.

KARUA TEKSTIÄ

10.9.2003 menimme kuulemaan perinnöllisyysneuvontaa ja yhteenvetoa Noan ruumiinavauksesta. Tilanteemme oli harvinainen poikkeus, eikä mitenkään perinnöllistä.

Patologin lausunto oli pitkä ja tuki kaikkea sitä, mitä lääkäritkin olivat jo todenneet. Lausunnossa oli selitetty tarkkaan munuaisten rakkulaisuudesta, laajuudesta, virtsaputken kehityshäiriöstä ja niin edelleen. Sitä karua tekstiä kokonaisuudessaan en viitsinyt tähän kirjaan liittää, mutta tässä lyhyt pätkä tekstistä:

"Löydökset sopivat lähinnä lievään Potterin habitukseen.
Potterin oireyhtymässä munuaiset eivät kehity ja sikiö ei tuota lapsivettä."

33

Eli Noa oli minun pikku "Harry Potterini", rakas tähtilapseni. Jos Potterin -oireyhtymä lapsi selviää syntymään asti, hän elää yleensä korkeintaan noin parisen tuntia. Sinänsä ihan sama, mikä Noalla oli se perimmäinen syy, koska kuitenkaan Noa ei olisi jäänyt eloon. Kaikki muu on sinänsä toissijaista.

MUISTOT ELÄVÄT IKUISESTI

Olen usein kaivannut Noaa, miettinyt mitä hänelle kuuluu ja mitä hän tekee. Sydämessäni kuitenkin tiedän, että hänellä on kaikki hyvin. Mietin miltä hän olisi näyttänyt, minkälainen hän olisi ollut? Mistä olisi pitänyt, mitä harrastanut? On niin paljon kysymyksiä vailla vastausta. Ehkä kaikkeen ei tarvitsekaan tietää vastausta.

Hän tulee aina säilymään ja pysymään sydämessäni ja lähelläni missä ikinä olenkaan. En unohda häntä koskaan. Tiedän, että hän on tuolla jossain. Tiedän että hän kuulee, tiedän että hän näkee. Minä niin haluaisin halata häntä ja sanoa, että rakastan. Vaikka uskonkin, että hän jo tietää sen. Mielessäni on jostain syystä kuva hyvin vilkkaasta ja reippaasta, iloisesta pojasta, jolla on yhtä punaiset hiukset kuin minulla.

Luonto on ollut terapeuttini, tanssi on ollut terapeuttini. Ystävät ja perhe on ollut terapeutteinani, nyt jo edesmenneet kissamme ovat olleet terapeuttejani. Olen itkenyt, huutanut, kirjoittanut ja puhunut. Ulkopuolista apua en ole hakenut enkä kokenut tarvitsevani. Ystäväpiiriinikin on kuulunut pari henkilöä, jotka itsekin ovat kokeneet lapsen menetyksen. He ovatkin varmaan ymmärtäneet parhaiten. Heidän kanssaan on ollut helpointa keskustella asiasta.

Jossain vaiheessa halusin jo haudata koko ajatuksen, mutta nyt haluan muistaa hänet ihanana kauniina muistona, enkä enää sinä kivuliaana ja raastavana muistona. Haluan muistaa hänet kauniina ja herkkänä, läheisyytenä, jonka sain hetken kokea. voin itkun sijasta myös hymyillä ja iloita. Hän elää sittenkin, aina, sydämessäni.

Jouluaattona 2011 kävin poikani Noan hautapaikalla Honkanummen hautausmaalla, lasten muistolehdossa, jonne on haudattu kuolleena syntyneiden lasten tuhkat. Kävin siellä vasta toista kertaa vuoden 2003 jälkeen, jolloin hän kuoli. Minä olen aina muistanut kuolleita läheisiäni muuten, en haudalla käymällä, sillä eiväthän he enää siellä ole vaan jossain aivan muualla. Haudat ovat enemmän meitä eläviä, meidän suruamme, läheistemme muiston vaalimista, kuin itse kuolleita varten. Rakkaamme elävät aina sydämessämme, eivät haudassa. Siksi en ole itse kokenut välttämättömäksi käydä haudoilla. Jostain syystä minun oli kuitenkin käytävä tuolloin jouluna Noan haudalla, en tiedä miksi. Ehkä siksi, että aioin kirjoittaa hänestä tämän kirjan ja ottaa myös kuvia siihen. Jouluun liittyen, Noan menetyksen jälkeen Taivas sylissäni joululaulusta on muodostunut minulle erittäin rakas ja tärkeä joululaulu. Kuvat ovat ottamiani kuvia, Kirjan loppuun olen liittänyt myös runoni, jotka olen kirjoittanut, sekä yleistä tietoa kirjan aiheeseen liittyen.

Honkanummen hautausmaalta.

Honkanummen hautausmaalta.

Honkanummen hautausmaalta.

Runoni Noasta

Tyhjä kuori
Olen vain tyhjä kuori.
Elämä joka hetki sitten
sykki sisälläni,
on poissa.

Elämä

tuntuu tällä hetkellä
loputtomalta synkältä suolta
jossa epätoivoisesti
tarvon eteenpäin.
Hetkittäin
tekee mieleni luovuttaa,
upottautua
syvälle suon syleilyyn.
Tässä kuitenkin vielä olen...
Sekuntti sekunnilta,
minuutti ja tunti kerrallaan.
Jokin voima
pitää minut liikkeessä
etten uppoudu.
Ehkä vielä
jonakin päivänä
näen taas valoa.
Ehkä suo
vielä loppuu
ja pääsen taas
tukevalle maalle.
Päivä päivältä
vähin erin,
elämä jatkaa kulkuaan.

Vain hetken

Vain hetken
sinut tuntea sain.

Olisin halunnut
pitää sut omanain.
Ikuisesti sydämeeni jäät.
Vielä joskus sinut nään.

Miksi?
Muistan sinut aina.
Pienet kasvosi,
kätesi ja jalkasi…
Miksi näin piti käydä?
Miksi elämä loppui
ennen kuin
se edes ehti alkaa?

Suuri taakka
Suru ja tuska,
syyllisyys ja ahdistus,
masennus ja ikävä,
viha ja pelko.
Voiko ihminen
suurempaa taakkaa kantaa?

Luopumisen tuska
Haluan ajassa taaksepäin,
en halua luopua.
Kaikki muistuttaa sinusta
ja siitä mitä olisi voinut olla.
Katson vielä pyöreää vatsaani haikeudella.
En halua luopua siitä!

Sitten toisaalta haluan sitä
enemmän kuin mitään muuta.
Haluan jatkaa eteenpäin,
luopua tuskasta.
En halua,
että joka asia
muistuttaa sinusta.
Rakas lapseni,
joka olet mennyt pois,
rakastan sinua
ikuisesti!

Kesäkuu 2003

Kesäkuussa 2001
kaksi vuotta sitten
melkein samoihin aikoihin
olin onnellinen.
Lämmin kesä,
työnsin esikoistamme vaunuissa.
Elämä hymyili.
Tajusinko silloin onneani?
Nyt tajuan vielä paremmin.
On taas kesäkuu.
Toinen,
vielä syntymätön lapsemme
lähti pois.
Lämmin kesä,
mutta olen surullinen.
Kuitenkin tajuan

kuinka kiitollinen
voin olla siitä,
että on edes
yksi lapsi.

Ikuinen elämä
En tahdo päästää irti,
luovuttaa.
Ehkä joskus vielä
rauhan saan.
Ei muistot haihdu
milloinkaan,
ne mukanani
pitää saan.
Olit luonain
vain hetkisen.
On elämäsi silti
ikuinen.

Pienestä kiinni
Niin pienestä on
ihmisen elämä kiinni.
Niin epävarmaa
elomme tää.
Kaipaus hiljaa
sisälle hiipii,
kun en enää
sinua nää.

Elämä jatkuu

Lämmin tuuli,
kaunis kesäilma,
linnut taivaalla.
Luonto muistuttaa:
Elämä jatkuu.
On kesä,
luonto kukkii.
Päivät vierivät,
kunnes tulee talvi
kaikki kuolee,
sitten tulee
kesä jälleen.

Toivo

Ehkä mekin
koemme vielä onnen.
Ehkä saamme vielä
toisen pienokaisen.

Pikkulintu

Pikkulintu tuli ja lauloi minulle.
Aivan kuin se olisi ollut
viesti tuolta jostain...
Tuli hyvä olo,
varmuus siitä,
että pikkuisella
on hyvä olla
ja kaikki
kääntyy hyväksi.

"Vielä vuosienkin jälkeen näen nimesi joka puolella, nimesi kaikuu korvissani, Noa, rakas. Nimesi näkeminen ja kuuleminen yhä edelleen repii sydämeni vereslihalle ja kaikki tuntuu kuin eiliseltä, ja huomaan pohtivani taas mitä sinulle kuuluu. Päivät rullaavat, silti aika ajoin minulla on ikävä sinua. Lapseni, kultani. Mitä kaikkea olisimmekaan voineet yhdessä kokea? kuinka paljon olisinkaan rakastanut sinua, halinut. Olisin auttanut läksyissä, puhaltanut haavaasi. Olisin ollut kyllin hyvä äiti, sinulle, rakas Noani."

"The Child Who Was Never Born" by Martin Hudáčeka.

Kaunis runo, jonka löysin:

Taatusti hän kuulee.
Hän katselee sinua varmasti kaiken aikaa.
Ehkä hän on nyt onnellinen.
Ehkä joiden kuiden ei ole tarkoituskaan jäädä meidän elämäämme pysyvästi.
Ehkä jotkut ovat vain läpikulkumatkalla.
Ehkä he täyttävät tehtävänsä nopeammin kuin muut.

Heidän ei tarvitse vitkutella täällä sataa vuotta saadakseen kaiken kuntoon.
He hoitavat hommansa tosi nopeasti, jotkut.
Jotkut ikään kuin käväisevät elämässämme antamassa meille jotakin, tuovat lahjan ja opettavat meille jotain tärkeää,

ja se on heidän tehtävänsä meidän elämässämme.
Hän opetti sinulle varmasti jotakin.
Ehkä hän opetti rakastamaan, antamaan ja välittämään.
Se oli hänen lahjansa sinulle. Hän opetti sinulle paljon, ja sitten hän lähti.

Ehkä hänen ei yksinkertaisesti tarvinnut viipyä pitempään.
Hän antoi lahjansa ja oli sitten vapaa jatkamaan matkaa, mutta häneltä saamasi
lahjan sinä saat pitää ikuisesti.
-Tekijä tuntematon-

"Suru on kuin veteen pudonnut pisara. Alun kuohunnan jälkeen jäljelle jäävät vain veteen piirtyvät renkaat, jotka matkatessaan kauemmaksi putoamis kohdastaan alkavat kerta toisensa jälkeen laantua. Vaikka nuo renkaat jatkaisivat matkaansa loputtomiin, eivät ne katoa kokonaan, kuten ei surukaan, mutta mitä kauemmaksi renkaat kulkevat, sitä haaleammaksi ne käyvät. Niin käy myös surulle."

ELÄMÄ JATKUU

Elämäni ei ole koskaan ollut mitenkään järin helppoa, siksi kai minusta onkin kasvanut niin vahva. Olen kokenut lapsesta lähtien vaikka mitä, mutta niistä saisi ihan oman kirjansa. Ei niistä sen enempää. Kuitenkin pahinta mitä olen ikinä kokenut, on tämä Noan menetys. Vielä raskaammaksi tämän menetyksen teki se, ettei se edes tapahtunut itsestään, vaan jouduin päätymään raskauden keskeytykseen.

Kaikista elämän haasteista huolimatta minulla on jostain kumman syystä pienestä pitäen ollut aina luja luottamus ja usko Luojaan ja kaikkeen hyvään ja positiiviseen ja siihen, että asiat aina järjestyvät jotenkin ennemmin tai myöhemmin, ja että kaikella on tarkoitus. Mikään ei tapahdu turhaan ja kaikesta voimme oppia jotain. Elämä on koulu ja sen tärkein oppiläksy on rakkaus, oppia rakastamaan. Niin, elämäni ei ole ollut helppoa, mutta toisaalta olen ollut monissa asioissa hyvinkin, jopa hämmästyttävän onnekas. En siis valita ja kaikesta olen kiitollinen, niistä vastoinkäymisistäkin.

Tätä kirjaa kirjoittaessani tajusin, että siunausti-
laisuudesta seuraavana päivänä, 11.7. on Nooran,
Noan jälkeen saamamme kuopuksen nimipäivä.

Jossain vaiheessa Noan kuoleman jälkeen näin
myös lohdullisen unen. Unessa leikin ja painin
niityllä pienen karhun poikasen kanssa. Unta näh-
dessäni oivalsin, että tuo karhun poikanen olikin
oikeastaan Noa, joka halusi näin vielä myös il-
maista, että hänellä on nyt kaikki hyvin, eikä mi-
nun tarvitsisi surra.

Kerran heräsin unesta myös siihen, että kuulin kun
ääni sanoi minulle kolme kertaa: "Herää äiti".
Olen ihan varma, että se oli Noa.

19.7.2014 Näin myös unta Noasta. Hän oli unessa
avaruudessa, toisella planeetalla Plejadeilla. Hän
oli unessa 11-vuotias, aivan kuten olisi tuolloin ol-
lut, jos eläisi vielä. Hän kertoi ja jutteli minulle
jotain, jota en enää tarkkaan muista. Hänellä oli
kuitenkin lohdullinen sanoma ja että kaikki oli pa-
remmin kuin hyvin. Hän antoi minulle myös jon-
kin enkeli korun ja sanoi, että voisin muistaa sen
ja sen avulla symbolisesti olla aina yhteydessä hä-
neen. Monesti tunnenkin hänet lähelläni jollain ta-
valla.

Tänä päivänä olen edelleen kahden ihanan, ja rakkaan tyttären ylpeä ja onnellinen äiti. Erosin lasteni isästä vuonna 2006. Esikoiseni on jo muuttanut omilleen, opiskelee ja on naimisissa aivan ihanan vävypojan kanssa. Kuopukseni käy lukiota ja olen valtavan onnellinen ollut jo yli neljä vuotta nykyisen aviomieheni kanssa. Elämä hymyilee ja elämä jatkuu ja kantaa kun vain heittäydymme sen kannateltavaksi. Niin kauan kuin on tarkoitettu.

FAKTAA

Ultraäänitutkimukset

Sikiön niskaturvotusmittaus (NT): Sikiön niskaturvotus mitataan raskausviikolla 10+0 -12+6, ja tulos yhdistetään samoilla raskausviikoilla otetun verinäytteen tulokseen ja lasketaan riskiluku. Jos niskaturvotusta on tavallista enemmän tai riskiluku suuri, on pieni mahdollisuus, että sikiöllä on Downin oireyhtymä = kromosomivika. Perheelle tarjotaan sikiön kromosomitutkimusta istukka- tai lapsivesinäytteestä.

Varhaisraskauden yleisultraäänitutkimus: raskausviikoilla 10- 14 tehtävä ultraäänitutkimus, kun perhe ei halua NT+veriseulatutkimusta. Tässä yleisultraäänitutkimuksessa varmistetaan raskauden kesto, sikiöiden lukumäärä ja elossaolo. Tutkimuksessa voidaan nähdä joitakin vakavia sikiöpoikkeavuuksia. Näistä kerrotaan, ja mahdollisista jatkotoimenpiteistä informoidaan perhettä, joka päättää niistä.

Rakennepoikkeavuuksien ultraääniseulonta joko raskausviikoilla 18–21 tai raskausviikon 24+0 jälkeen: tutkimuksessa voidaan todeta useimmat merkittävimmät sikiön rakennepoikkeavuudet; tavallisimmat ovat virtsatiepoikkeavuudet ja sydänviat. Toisinaan havaitaan poikkeavuuksia, joiden vaikeutta ja merkitystä ei pystytä arvioimaan yhden tutkimuksen perusteella. Tällöin perheelle tarjotaan uutta tutkimusta sikiötutkimuksista vastaavassa yksikössä ja/tai erilaisia lisätutkimuksia. Näiden tutkimusten tarkoituksena on selvittää rakennepoikkeavuuden laatua ja syytä, sekä arvioida raskauden tulevaa kulkua ja syntyvän lapsen ennustetta.

Poikkeava ultraäänitutkimuslöydös

Perheelle järjestetään mahdollisuus keskustella poikkeavasta löydöksestä ja sen merkityksestä kokeneen synnytyslääkärin ja/tai perinnöllisyyslääkärin kanssa, tarvittaessa myös lastenlääkärin tai lastenkirurgin kanssa.

Ultraäänitutkimuksissa voi löytyä erilaisia rakennepoikkeavuuksia, joista osaa voidaan lapsen synnyttyä hoitaa esimerkiksi leikkauksilla.

Perhe, ja viime kädessä raskaana oleva nainen, päättää, miten tutkimustulokset vaikuttavat raskauden etenemiseen. Osa päätyy asiaa neuvonnan jälkeen harkittuaan jatkamaan raskautta, osa valitsee raskauden keskeytyksen. Jo ennen päätöstä jatkotutkimuksiin ryhtymisestä perheen olisi hyvä pohtia, mitä poikkeava tulos heille merkitsee. Perheellä on myös oikeus muuttaa mielipidettään missä tahansa seulonnan ja jatkotutkimusten vaiheessa.

Jos sikiöllä todetaan vaikea rakennepoikkeavuus ultraäänitutkimuksessa, raskauden keskeyttäminen on sen perusteella mahdollista Sosiaali- ja terveysalan lupa- ja valvontaviraston (Valvira:n) luvalla raskausviikon 23 päättymiseen (24+0) asti (laki 239/1970 5 a §).

Jos sikiöllä todetaan rakennepoikkeavuus raskausviikolla 24 tai sen jälkeen, perheelle järjestetään mahdollisuus keskustella löydöksestä ja sen merkityksestä lääkärin kanssa, tarvittaessa myös muiden asiantuntijoiden kanssa. Raskauden keskeyttämistä sikiön sairauden perusteella ei enää tässä vaiheessa voida Suomen lain mukaan tehdä. Tarpeen mukaan tehdään lisätutkimuksia, jotka nekin ovat vapaaehtoisia. Jatkotutkimusten tarkoituksena on selvittää rakennepoikkeavuuden laatua ja syytä, arvioida raskauden kulkua ja syntyvän lapsen ennustetta. Samalla voidaan saada tietoa, joka auttaa synnytyksen ja vastasyntyneen hoidon suunnittelussa.

Lapsivesinäyte otetaan 15. raskausviikon jälkeen vatsanpeitteitten läpi ultraääniohjauksessa. Näytteenotto lisää keskenmenoriskiä 0,5–1%. Kromosomitutkimus valmistuu yleensä 12 vrk:n sisällä näytteenotosta. Lapsivesinäytteestä määritetään kromosomien lisäksi myös alfafetoproteiini- eli AFP-pitoisuus.

Istukkanäyte voidaan ottaa 11. raskausviikon jälkeen. Myös tämä näyte otetaan vatsan ihon läpi ohuella neulalla ultraääniohjauksessa. Joskus istukka saattaa sijaita siten, ettei näytettä voida ottaa. (Tällöin varataan myöhempi aika lapsivesinäytteen ottoa varten.) Veriryhmävasta-aineet ja tietyt äidin infektiot ovat este näytteenotolle. Istukkanäytteen otto lisää keskenmenon riskiä 1–2 %. Istukkanäytettä ei yleensä suositella naisille, joilla on ollut toistuvia keskenmenoja, etenkään, jos sairaan lapsen riski ei ole kovin suuri. Istukkanäytteestä tehtävä kromosomitutkimus valmistuu yleensä 10 vrk:n sisällä näytteenotosta. Istukka-

53

tai lapsivesinäytteenoton ei ole havaittu lisäävän synnynnäisten kehityshäiriöitten riskiä.

Raskauden keskeytys

Raskauden keskeytyksellä tarkoitetaan raskauden keinotekoista päättämistä ennen 20. raskausviikkoa. Suomessa on voimassa laki raskauden keskeyttämisestä vuodelta 1970. Siihen on tehty merkittävät muutokset 1978 ja 1985. Raskauden keskeytyksiä tehdään vuosittain noin 10 400. Raskauden keskeytystä haluavalle naiselle on annettava ratkaisunsa pohjaksi riittävästi asiallista tietoa keskeytysmenetelmistä, mutta myös psyykkistä tukea. Raskaus voidaan keskeyttää joko lääkkeellisesti tai kirurgisesti. Keskeytys ei vaikuta tulevaan hedelmällisyyteen, jos se on sujunut ilman jälkisairauksia (komplikaatioita).

Raskauden keskeytyksen edellytykset

Laki raskauden keskeyttämisestä sallii keskeytyksen naisen pyynnöstä, kun hänen esittämänsä perustelut vastaavat laissa mainittuja edellytyksiä. Yhden lääkärin päätöksellä keskeytys voidaan tehdä ennen 12. raskausviikon täyttymistä, jos nainen on alle 17-vuotias tai yli 40-vuotias tai hän on synnyttänyt neljä lasta. Kahden lääkärin lausunto tarvitaan, kun keskeytys tehdään ennen 12. raskausviikon täyttymistä tilanteissa, joissa lapsen synnyttäminen ja hoito olisivat naiselle huomattava rasitus, kun raskaaksi tuloon liittyy rikos tai jos äidin tai isän sairaus vakavasti rajoittaa heidän kykyään hoitaa lasta. Kun raskauden kesto on yli 12 viikkoa, voidaan keskeytys näissä tilanteissa tehdä Sosiaali- ja terveysalan lupa- ja valvontaviraston Valviran päätöksellä. Raskauden kestoajasta riippumatta voidaan keskeytys tehdä kahden lääkärin päätöksellä, jos raskauden jatkuminen tai lapsen synnyttäminen aiheuttaisi naisen hengelle tai terveydelle vaaran. Valviran päätös tarvitaan tilanteissa, joissa keskeytystä haetaan sikiön vaikean sairauden tai ruumiinvian vuoksi.

Pääosa (noin 90 %) keskeytyksistä maassamme tehdään sosiaalisin perustein. Näissä tilanteissa perhesuhteilla, taloudellisella tilanteella, työtilanteella, asumisella, tulevaisuudensuunnitelmilla on vaikutusta asian ratkaisuun.

Kirurginen raskauden keskeytys

Kaavinta on ollut perusmenetelmä alle 12 viikkoisen raskauden keskeyttämisessä. Edelleenkin sitä käytetään. Toimenpiteeseen kuuluu kohdunkaulan laajennus ja kohtuontelon imukaavinta. Ennen kaavintaa voidaan tarvita kohdunkaulan lääkkeellistä pehmentämistä. Imukaavinta tehdään tavallisesti nukutuksessa, toimenpiteen jälkeen seurataan muutama tunti sairaalassa.

Välittömistä, toimenpiteeseen liittyvistä ongelmista tavallisin on runsas vuoto, jonka yleisin syy on istukkakudoskappaleen jääminen kohtuun. Silloin kaavinta joudutaan tekemään uudelleen. Vakavampi on kohdunseinämän perforaatio, joka saattaa johtaa vatsaontelon sisäiseen verenvuotoon. Tämä hoidetaan samassa nukutuksessa, vatsaontelon tähystyksen (ks. «Vatsaontelon tähystys (laparoskopia)» 1) avulla. Anestesiaan liittyvät komplikaatiot ovat harvinaisia. Antibioottihoidon vaatineita tulehduksia on noin 4–9 %:ssa tapauksia.

Lääkkeellinen raskauden keskeytys

Lääkkeellinen raskaudenkeskeytys otettiin Suomessa käyttöön vuonna 2000. Nykyisin lähes 90 % keskeytyksistä tehdään maassamme lääkkeellisesti. Lääkkeellinen vaihtoehto on tehokas ja turvallinen alle 9 viikon raskauden keskeytyksissä. Raskaus keskeytyy lääkkeillä jopa 98 %:ssa tapauksissa. Viikoilla 9–12 lääkkeellinen keskeytys on myös rutiinikäytössä, mutta se on jonkin verran hitaampi ja lääkeannos joudutaan usein toistamaan. Yli 12-viikkoiset raskaudet taas keskeytetään aina lääkkeillä. Emättimen kautta annosteltavat lääkkeet saavat kohdun supistelemaan, ja sikiö abortoituu emättimen kautta ulos. Tämän jälkeen istukka ja kalvot tarkastetaan. Jos ne eivät ole täydelliset, tehdään tarvittaessa kohtuontelon kaavinta.

Menetelmää käytettäessä otetaan kahta eri lääkeainetta 1–3 päivän välein. Ensimmäinen lääkeaine, mifepristoni, estää raskauden jatkumiselle välttämättömän keltarauhashormonin vaikutuksen kohdussa. Toinen lääkeaine, prostaglandiini, käynnistää kohdun supistelun ja kohdun tyhjenemisen. Käypä hoidon potilasversiossa on eri menetelmien tarkat potilasohjeet.

Toiminta keskeyttämissairaalassa

Lääkäri tekee potilaalle gynekologisen ja ultraäänitutkimuksen, ja keskeytystavasta päätetään yhdessä potilaan kanssa. Samalla sovitaan jälkitarkastuksesta ja varmistetaan raskauden jatkoehkäisy. Keskeyttämistavan mukaan käyntejä keskeyttämissairaalassa on yksi tai useampia. Keskeytystoimenpiteet suoritetaan polikliinisesti tai osastolla. Kun raskauden kesto on enintään yhdeksän viikkoa, lääkkeellinen keskeytys voidaan toteuttaa osittain myös kotona.

TUKEA TARJOLLA

Lapsesi on kuollut,
Tiedät paremmin kuin kukaan,
miten köyhiä sanat nyt ovat.
Haluamme silti sanoa,
että olemme mukana surussasi
ja toivomme sinulle voimia.

KÄPY- Lapsikuolemaperheet ry on vertaistukiyhdistys, joka tukee kuoleman kautta lapsensa menettäneitä perheitä, lapsen kuolin tavasta ja iästä riippumatta. Lapsi on olemassa, kun raskaus on alkanut, eikä lapsi-vanhempisuhde pääty täysi-ikäisyyteenkään. Aina kun lapsi on kuollut ennen vanhempaa, on kyse lapsen kuolemasta. Tukea tarjoamme mm. tukipuhelimen, tukihenkilöiden sekä ympäri Suomea kokoontuvien vertaistukiryhmien avulla. Sivuiltamme on myös tilattavissa tukikirjasta Lapsen kuolema - tietoa ja tukea lapsen kuoleman kohdanneille.

KÄPY ry on aatteellisesti sitoutumaton ja voittoa tavoittelematon yhdistys, jonka jäsenet ovat lapsen kuoleman kokeneita vanhempia, sisaruksia, isovanhempia ja perheen ystäviä sekä työssään lapsikuolemia kohtaavia.

KÄPY ry:n toiminta perustuu vertaistukeen. Yhdistyksen toimisto on Tampereella. Toimintaa toteutetaan valtakunnallisesti toimiston työntekijöiden ja vapaaehtoisten yhteistyönä. (http://www.kapy.fi)

Kirje lapsensa menettäneille

Lämmin osanottomme lapsenne kuoleman johdosta,

Olette joutuneet tilanteeseen, jollaiseen kenenkään ei koskaan kuuluisi joutua. Olette menettäneet lapsenne, jota niin kovasti odotitte ja toivoitte. Tämä kirje on tarkoitettu vanhemmille, sekä myös äideille, jotka ovat yksin kokeneet tämän suruista suurimman.

Ensimmäiset hetket ja päivät lapsen syntymän jälkeen ovat ainutlaatuisia, sillä silloin voitte kerätä arvokkaita muistoja lapsesta, joita voidaan myöhemmin vaalia.

Yksi vaikea eteen tuleva päätös on se, haluaako lapselleen ruumiinavauksen vai ei. Ruumiinavaus antaa tärkeitä tietoja lääkäreille ja teille vanhemmille sekä voi antaa syyn, miksi lapsi kuoli. On kuitenkin hyvä muistaa, että joskus käy myös niin, ettei mitään syytä tapahtuneelle ruumiinavauksesta huolimatta saada.

Oman lapsen hautaamisen järjestäminen on erittäin raskas tehtävä, mutta lain mukaan yli 22 raskausviikon jälkeen syntyneet lapset tulee haudata tai tuhkata. Jos lapsi syntyy alle 22 viikkoisena, voidaan silloinkin järjestää hänelle hautajaiset. Tässä asiassa kukin voi toimia oman tahtonsa ja vakaumuksensa mukaisella tavalla.

Monet ovat kokeneet hautajaisten järjestämisen tärkeäksi osaksi surutyötä ja myös mahdollisuudeksi jakaa surun läheistensä kanssa. Mikäli jaksatte, voi olla tärkeää toteuttaa lapsen siunaus- ja muistohetki omien toiveidenne mukaan.

Lähimmäisten apu on arvokasta ja sitä kannattaa pyytää. Kriisiapua voitte saada sairaalasta. Halutessanne voitte saada itsellenne ja/tai perheellenne jatkossakin keskusteluapua omasta kunnastanne tai synnytyssairaalasta. Apua arjessa jaksamiseen voitte myös pyytää omalta kunnaltanne. Lapsen kohtukuolema on traumaattinen kriisi ja suuri suru, joka aiheuttaa monenlaisia oireita mielessä ja koko kehossa. Suru koskettaa myös mahdollisia muita lapsianne ja heidän surunsa huomioiminen voi tuntua vaikealta.

Läheisin ystävä ei kuitenkaan välttämättä ole paras tuki tässä tilanteessa, mikäli hänellä ei itsellään ole kokemusta lapsen menettämisestä. Useimmiten parhaan avun saa sieltä, missä voi keskustella saman kokeneiden kohtalotovereiden kanssa. Silloin saa tuntea, että joku todella ymmärtää, mitä lapsen menettäminen tarkoittaa.

Elämä tuntuu nyt pysähtyneen. Tuntuu, ettei tulevaisuutta ole. Yhdessä olette kuitenkin vahvempia kuin uskottekaan. Vanhemmat, älkää antako surun tulla väliinne, pitäkää huolta toisistanne. Jos olet yksin, niin toivottavasti löydät läheisistä ihmisistä kanssakulkijoita tälle surun matkalle. Jos läheisistä ei apua löydy, niin etsi silloin ammattiapua tukemaan sinua. Anna surun ottaa oma tilansa eri tunteiden ja ajatusten kautta. Salli myös ilo silloin, kun se on tullakseen. Syli ja mieli täyttyvät ajan myötä kaipuulla, ikuisella vanhempien rakkaudella. Läheisenne eivät valitettavasti tätä välttämättä aina muista, varsinkin kun aikaa kuluu, mutta te olette lapsenne vanhemmat, vaikkei lapsenne täällä kanssanne olekaan.

Lapsen menettämisestä ei koskaan pääse yli, eikä ole tarkoituskaan. Sen kanssa oppii elämään, ja ajan myötä pahimmat surun aallonpohjat loivenevat, sen voimme me saman kokeneet teille kertoa. Lapsenne on aina kanssanne, sydämessänne matkan varrella. Toivomme voimia tuleviin päiviin ja vuosiin!

Tämä kirja on omistettu rakkaalle tähtipojalleni Noalle ja kahdelle rakkaalle tyttärelleni.

LÄHTEET:

-Katri Roivainen, Heini asikainen: Synnytyksen käynnistäminen. tervesuomi.fi Julkaistu 2.6.2008.

-Varsinais-Suomen sairaanhoitopiirin ohjepankki http://ohjepankki.vsshp.fi/fi/

-Turun yliopistollinen keskussairaala: www.tyks.fi

-www.terveyskirjasto.fi Duodecim, terveyskirjasto: Raskauden keskeytys

-Tilastoja: http://www.thl.fi/fi_FI/web/fi/tilastot/aiheittain/seliterveys/epamuodostumat

-http://www.finlex.fi/fi/laki/smur/1970/19700239

-Raskaudenkeskeytys. Käyvän hoidon potilasversiot. 5.2.2013. Kirsi Tarnanen, Oskari Heikinheimo ja Käypä hoito -työryhmä Raskaudenkeskeytys.

-Kohtukuolema.Kirje vanhemmille www.kohtukuolema.fi

-Pottersyndrome: https://medlineplus.gov/ency/article/001268.htm

-Käpy ry. www.kapy.fi

© 2022 Tanja Puhakka-Esposito
Kustantaja: BoD – Books on Demand, Helsinki, Suomi
Valmistaja: BoD – Books on Demand, Norderstedt, Saksa
ISBN: 978-952-80-6748-1